말랑말랑 크리스마스

양승희 그림책

달리

토끼 마을에 하얗게 눈이 내려요.
크리스마스를 앞두고 토끼들은 더욱 신이 났지요.

기차역은 여느 때보다 붐벼요.
토끼들의 얼굴엔 설렘이 가득해요.

하지만 롬롬이의 마음은 좀 슬퍼요.
옆 마을로 이사 가는 송송이를 배웅하는 길이거든요.

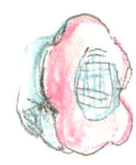 지금 솔솔마을행 열차가 들어오고 있습니다. 타는 곳 1번 승강장입니다.

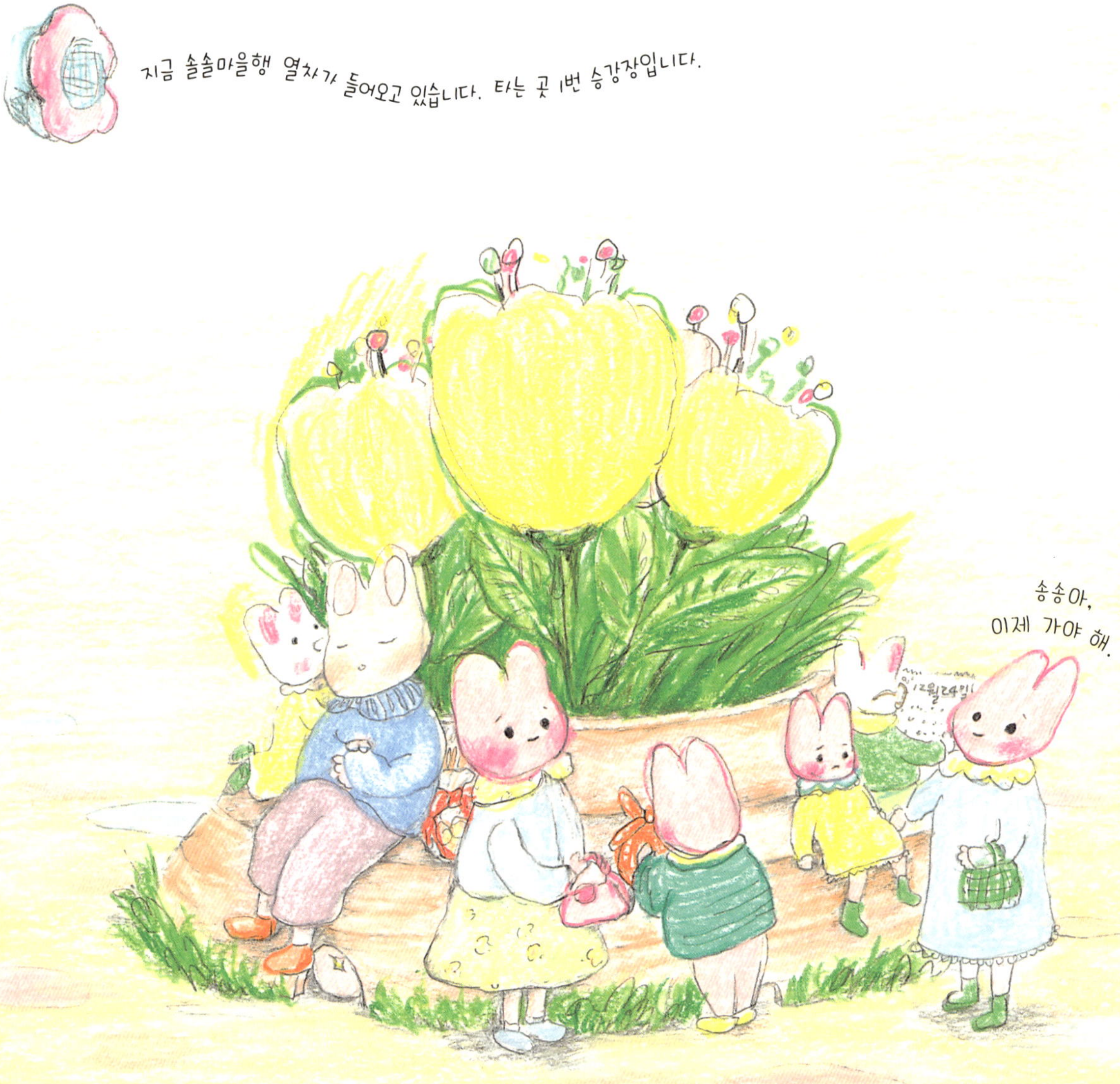

송송아,
이제 가야 해.

이제 정말 헤어져야 할 시간이네요.

송송아, 이건 내 선물.

고마워, 롬롬아.

롬롬이는 송송이와 다시 만날 약속을 하며
아쉬운 마음을 달랬어요.

"우리 크리스마스에 꼭 같이 마시멜로 먹자!"
롬롬이는 힘껏 손을 흔들었어요.

크리스마스엔 약속이 이뤄질 거라 믿으니까요.

아이쿠,
눈이 많이 내리네.

모두가 떠나고, 기차역은 고요해졌어요.

바사삭

응? 방금
무슨 소리가
들린 것 같은데!

이제 기차역은 꼬마 유령들 차지예요.
이곳은 보물찾기, 숨바꼭질 등을 하며 놀기에 딱이지요.

달콤한 향기가 나.

나 그거 백 년 전에
먹어 본 것 같아.

마시멜로를 발견한 유령들은
몹시 들떴어요.

구워 먹으면 더 맛있대!
우리도 이렇게 먹어 보자.

미리 메리 크리스마스!

엄마,
분명히 여기였어요.

그때 불 꺼진 기차역에 롬롬이가 들어왔어요.
놓고 간 마시멜로를 찾고 있었지요.

롬롬아, 내일 아침에 다시 올까?
밤이라 어두워 찾기가 어려워.
으앙, 내 마시멜로~!
송송이랑 만나서
같이 먹기로 약속했는데.

아침에
다시 와 보자.
하지만… 네.

휴, 갔다!

미안해서 어떡하지?

유령들은 어쩐지 미안한 마음이 들었어요.

약속에 대해서라면 유령들도 알아요.
기차역에서 약속하는 모습을 많이 봤어요.
약속 덕분에 토끼들이 웃는 것도요.

기차역 곳곳에는 토끼들이 놓고 간 물건이 많아요.
유령들은 이것들로 근사한 걸 만들어 보기로 했지요.

다음날 아침, 기차역은 다시 활기가 넘쳤어요.
크리스마스가 가까워진 만큼, 어제보다 더 많은 이가 오갔지요.
그리고 모두의 눈이 한곳에 쏠렸어요.

전날 밤, 눈송이역의 꼬마 유령들이 약속들을 찾아
특별한 크리스마스트리를 만들었지요.

눈송이역

롬롬아!

드디어 크리스마스예요.
롬롬이와 송송이는 얼마나 말랑말랑한 시간을 보내게 될까요?

양승희

크리스마스 선물 같은 두 딸을 키우며 말랑말랑한 아이들의 세계를 사랑합니다.

크리스마스에는 모두가 행복하길 소망하며 이 책을 지었습니다.

쓰고 그린 책으로는 《이건 내 우주선이야!》가 있습니다.

1판 1쇄 펴냄 2023년 11월 10일

1판 2쇄 펴냄 2023년 12월 8일

글·그림 양승희

편집 정재은 | 디자인 안선주 | 제작 심흥섭 | 기획·마케팅 안선주

펴낸이 박소연 | 펴낸곳 (주)도서출판 달리

등록 2002.6.4(제10-2398호)

주소 04008 서울특별시 마포구 희우정로 16길, 17-5

전화 02)333-3702 | 팩스 02)333-3703

ISBN 978-89-5998-474-9 77810

말랑말랑 크리스마스

© 양승희 2023

폰트 저작권자 유토이미지 (UTOIMAGE.COM)

마시멜로를 함께 먹고픈   에게